# 惑星ジンタ

二三川 練

新鋭短歌

# 惑星ジンタ＊もくじ

# I

## 夏の収束

魔術の火科学の火とにより分けて宇宙はふいに小さくなりぬ

めがさめてあなたのいない浴室にあなたが洗う音がしている

息の根に水をあたえて息の葉で草笛ふけばシノニムの雪

ためらわずパンを焦がしたオーブンの赤外線へ手をさしいれる

歩きなれた街に知らない曲がり角があって骨董品屋があって

ポケットにしまわれている太陽の核融合のおだやかなこと

花火降る　ヒルズの窓をすり抜けてさかなのいない湖面つらぬく

寝たふりをしたまま見えた夢の空をしずかに満たす水銀の雨

夏が終わる　なんの部品かわからないまま灼けている道路のネジは

うつくしい島とほろびた島それをつなぐ白くて小さいカヌー

捨てられた都のうえを半月が浮かんだままの夏の収束

重力を知らないような足取りであなたが蹴りとばす砂の城

ここじゃないどこかもやがてここになる紙飛行機はとても軽くて

呼ばれたら行こうと思う　橋をわたる電車の揺れがつたわってくる

われに還りあなたへ還り花々を摘みとる指のような春風

たったいま生まれた街ですれちがう蝶と白紙の回答用紙

## レプリカドール

涙より深い蒼さの海のなかほろほろ鳥の亡骸を抱く

顔のない赤子の眠る箱のなか　どこも雨だったそれも似たような

人さし指を汚して描く落書きのような約束　青色の雛

どの人もばれないように飴玉を口に含んだままここにいた

見わたす限りの明るいニュース　人生の前半戦で死ぬ守護天使

マフラーをどこで止めるかわからないまま編んでいる川を見ながら

道ばたで嘔吐している人を見る　4面ボスの倒し方がわかる

八両の電車は長い　食道を液化してゆくソフトキャンディ

誰のでもない手が銀のスプーンでストロベリーシャーベットを掬う

よく生きる　たくましく生きる　うまく生きる　書きたいことを少しだけ書く

咲くための花も泣くための坂もあり駆け抜けてゆけ裂けてゆく喉

一本の木も生えてない森のなか立ちつくしているブランコ職人

吊るされた鳥獣肉《ジビエ》の骨の髄までも桜チップの煙は浸みて

少しだけ箸でつついたハンバーグのなかにはチーズという日常が

森林を最後に見たのはいつだった　家を焼くなら夜が綺麗だ
今日を終え再び今日がやってきて祝日だからプールで泳ぐ
影よりも淡い体が雪原のすこし凍ったところを歩く

プレス機がドールを潰す一瞬の命にふさわしい破裂音

運命と片づけられるそれぞれを片し尽くしてゆうぐれの部屋

わけもなく悲しいわけもなく嬉しいわけもなく今日は水炊きにする

ばりばりと背中を搔いた搔くほどに夜は背中にはりついてゆく

生命の残滓としての骨であり一つ一つを外して食べる

昨日よりおいしくなったみそ汁の底からわきあがる油あげ

新聞紙かぶって眠るあかるいよ未来は月は上手に欠ける

心さえ無かったならば閉園のしずかに錆びてゆく観覧車

大海のすべての水で血液を洗い落とせるとでもいうなら

Ⅱ

## 烙印

扉絵は見覚えのある花であり著莪《しやが》だとわかり著莪だと告げる

「恋の人」「愛の人」とで呼び分けてぼこぼこの雪道を歩いた

経血が産まれるまでの黄昏を二人ぼっちの喫煙席で
心臓の不意に激しくなるときの眼つむれば眼のうちのシナプス
考えをのぞくことさえできそうな白いひたいに産毛のそよぐ

光源がわからないままある指のさざ波よりもしずかなゆらぎ

似た身体して僕たちはうすぐらい真水の底へ摩擦しながら

精液は胃液に沈み溶かされて発狂ならばいつでもできる

廃ホテルひとつ置かれて湖は深雪のような闇をたたえる

僕たちの味を知りたい僕たちの謝肉祭　街を満たす残像

唇は花の形にひらかれる　朝とは大学生の放課後

愛こそすべて愛こそすべて電柱の犬の写真が茂吉のようで

光にはなれない　眠る　凪いだ皮膚　眠る　カナリアの声がする　眠る

松葉杖で木星を歩く　ここでしか吹けない君のろうそくがある

手のひらの尖った石を握りしめ出血はみな内部で起これ

かなしいからだ

水切りの回数を比べるようにふるさとのこと言いあっている

川底はやさしいほどに急流で足のかたちをなぞって過ぎた

遠い国の水の味など語りつつ創生以前のおうし座の笑み

人として人の倫理を棄ててゆく　ネオンの灯る一瞬に闇

少しでも多くの愛を買わなくちゃ爪先立ちで日の出を見れば

自転車の鍵を失くしたまま会いにゆけば鳥へと還る陽光

絵の海の奥に一人の漂流者ふれない腕を雲へとむけて

まなこ閉じその肉叢にふれるとき人とは守られざる溶鉱炉

風の日に乳房を撫でる　掃除機で吸ったバッタがまだ生きている

熱傷をはだかの腕にひからせてあなたがひらく犬の肋骨

捏ねてゆく挽き肉のつぶ粗々と嫌いな人を嫌える僕だ

風景は雨が隠してくれるからみな下を向く通勤電車

湯呑みにも湯呑みの載った茶托にも茶托の載った机にすらも

裏庭の猫の交尾を見おろして蒸留水を飲んでいる昼

壊された蜘蛛の巣ばかり生け垣にからまっている（夕陽はどこへ）

法律で換言できる関係の僕らがくぐるファミレスのドア

同棲は「棲」だからいい　ずぶ濡れで帰ってきたらタオルをわたす

ティーカップ置けば波紋がふちに触れ涙のように紅茶のたれる

カーテンにふたりくるんで冷たさの夜に蛙のなきまねをして

傘いらないくらいの雨で傘をさす怒りたいけど怒られたくない

二〇一六年五月十二日　蜷川幸雄死去

明日も誰かの命日となれ客席の千のナイフへ曝す疵口

霧雨に洗わせている血の眼　薬のように言葉を吐くな

終わらせるための口笛吹き終えて化石だらけの土を掘りあう

遺伝子をもたない馬が星空を駆ければだれもいない東京都

ここからはすずしいところひとりでに足は小枝を踏みしめてゆく

五十音の外側にある浜辺まで行こう手と手をつなぎそこねて

していたいしないでいたいしなないでいたい　紡錘形の心臓

青空が（これは黒色）のしかかりゆっくりと気化されてゆく海

髪洗うように頭を撫でる人　僕はあなたがかなしくて好き

## 天使の共食い

しなる月その痛みから放たれてくじらは銀の海潮を噴く

とめどなき怒りの水脈に触れるとき四月あなたを繰る花嵐

殺人をほのめかしつつ愛情をすべて記して海のエジプト

錆びついた宇宙をすこしはみだして風鈴のおと響く水星

やがて死ぬ設定であるヒロインのおとす涙のような金星

天使による天使のための共食いの跡をかき消す火星の嵐

その骨が喉仏だと知るときの遺族それぞれの吐息　木星

覚めてなお夢にとどまる船だった　すでに土星はぬれていたのに

杯を天王星へかかげたら白い電車でしずかな国へ

ごみ箱がないなら道に捨てるしかないかもしれないな　　海王星

ごめんきみに誕生日はなかった血まみれの公園でくすだまをずっと見あげてたんだ

まぼろしの太陽に透かされて眼を記憶を失ってゆくトナカイ

希望なる言葉かすれてアネモネの血で記されし少年の詩は

古い歌くちずさむとき首筋に雪のかおりの鱗を生やす

脱皮した死神と鈴のような月が手に手をとって踊る晩春

干からびた太平洋にコスモスをばらまく小さくくしゃみしながら

僕らとは葉っぱのことで葉っぱとはガソリンのこと　生まれなおしましょう

Ⅲ

## 秋晴れの砂漠

恒星の光のとどかない星のしろい魚のこと　忘れない

幾万の言葉が磨滅した朝の自由とは黄身のくだけた卵

蛇にまだなれない背骨じわじわと蛇をめざして彎曲をする

ふれるたび低体温を自覚する　人間らしい口づけをして

ゆうれいとゆびさす指に蝶がいて手相のような翅をしていた

奥行きのない油絵にいるような秋に砂糖を小指ですくう

手のひらで九官鳥は燃えていて言葉に帰り道はなかった

均等に重さがいっているはずのリュックでいつも左が痛い

手が冷えて時計も冷える拓かれてできた道路を二人で歩く

ジャングルジムにからまっている子どもらをしずかにつつみこむ砂ぼこり

ためらわず逆上がりするスカートのシリコン樹脂のような両脚

電車が来る　電車が過ぎる　駅ナカのWi-Fiこんなに遅かったっけ

積み上げた日々より薄い枚数の夏のレポートつき返される

文献のコピーを取れば海溝のようにインクの黒くあるノド

初期も後期も同じことしか言ってない人を読んでるいつものカフェで

電源のゆっくり落ちるパソコンは嗚咽のような電子音して

月を殴ればば月の欠片が落ちてきてそれからずっと三日月だった

哀しげなＢＧＭが流れてる　カレーに卵を落として食べる

別のやつ買ってきてって言いわすれまたさんぴん茶味のハミガキ粉

いいことだ　何も起きない一日の世界遺産に落書きがある

## 砂の星／凍えた村

篝火よ　あなたに焼かれ不死となる身に現世の鍵をやどして

みずからの鉱脈を掘り坑夫らはましろき地図に獅子座を視たり

人々の「々」の形で羊水の海に溺れた赤子が満ちる

喉をもつ空が洩らした嬌声のねえさん、星をもう蹴らないで

腕の傷ふいにひらけば蟋蟀のふたご這いでて翅をかわかす

夜に灯るすべての星を薙ぎはらう竜の翼の紅き鱗は
村はあまたの嘘に焼かれて滅びるか井戸の底より顔はのぞきぬ
うつせみのあなたにつどう羚羊の群よそんなに角をぬらして

探してたこともわすれて朝焼の森へ残してきた子どもたち

長い夢ふいにとぎれてかわたれの死後のようなる身体をおこす

電線は檻のごとくにかけめぐり一人の朝に鳥をとめる

早朝にはおるコートのポケットに捨ててなかった昨日のマスク

漠然となにかが違う玄関を右足から出なきゃいけないいんだっけ

当事者にいつでもなれる　牛乳の瓶の蓋がいつもとれない

傷つけることの痛みを思うたびやさしく呼吸するビオトープ

風を梳かす　命にふれるかなしみの櫛をはなてば白き薔薇園

大地よりはなたれてゆく飛行機は炎のような風にこすれて

砂の校庭きしませ走る子どもらの飢えた両眼に澄む沈丁花

わからない名前の鳥が夏空を雲にまぎれて雲にとどかず

海そして悲劇の童話こわれやすき石に天使のまなざしを彫る

あかい津波しろい津波と押し寄せてやさしく洗われる墓石たち
はつなつのはじめて氷を見た人のとうめいな眼にめぐる血液
油絵の川へ金魚を描く昼にみみずのようなみかづきがある

月のごと殴打されたる青林檎くちづけてくちづけて炎天

生徒みな砂にまみれた顔をしてひび割れた土の教室に立つ

ぬかるみを歩く　惑星と惑星がすれ違うそのすき間を生きる

あしひきの山手線の車窓より母校の赤い校章は見え

舌にふる砂の感触ささやかな今日を野ばらの咲くにまかせて

日暮里を去りゆく人の影を追えば雲に咲く花　花に咲く雲

汗のうく頬をなでゆく砂の風あまたかなしみ引きつれて死す

日がくれて灯がともる火がつけられてひとりの海に影絵を残す

流れ弾が交わる場所に立つ　子どもの胸から四葉のクローバーを摘んだ日

ここはもうあかるい場所で床に落ちた卵がもとに戻ったりする

夢が夢でいることのただきみしくて枯野に埋めた犬のしかばね

脚しかない幽霊たちの街角でチェーンメールがただよっていた

黒く塗りつぶした窓にうっすらと夕陽が見えてもう昇らない

分かたれたまま錆びてゆく知恵の輪のみな蔦となり絞めよ東京

知っている夏をさがせば笛の音が降りしきる白き森林がある

感動をしてはならない　その胸の泉で溺れゆく白兎

踊り子の両脚ついに壇上を出でざるままに天球を踏む

雪の日をクレヨンで描く　戦争のない日みたいに真っ白な紙

歯に風をくわえて走る心臓をおおきな月に照らされながら

自殺者の身体に虫が這う夜にかきまぜられる本棚がある

酒瓶の口を覗けば一滴の海が命をかわかしており

時よりももっとおくれて老いてゆく犬の頬たれてたれて群雨

橋上に星をみつけて街中の犬に背中をなめられている

パンクしたままの自転車こいでゆく凍えた星のひろがる街へ

天空でこぼした嘘が燃えながらあなたの船へふりそそぐ夜

## 肋骨に雨

携帯が鳴った気がして目が醒める　まだ四時過ぎでもう一度寝る

レコードの音のかすかに軋むとき地球かすめてゆく春の風

カーテンを漏れる朝日よ生活という名の犬は爪あかくして

すばらしいパンの塊、目玉焼き、ハム、はちきれそうなソーセージ

朽ちてゆく身をおもうとき裏庭に植えたおぼえのないフリージア

公園に鴉の骨を埋めた日のままのブランコ風にゆれてる

細胞の生きたがること厭わしく隣家はすでに蔦となりたり

見あげればひこうき雲は消えていて夕陽に短針ほどのクレーン

あのビルが倒れてきても届かない気がして眠る公園の芝

悪として描かれた悪のほろびれば首をもたげて並ぶガーベラ

サイレンをかき消すように雨が降る　言葉を捨てる生活が来る

風に声水に声して書物閉ず信仰はただ人間のために

墓守のように自販機をつつみこむ枝垂れ桜の剝き出しの腕

雨に身をうたせて笑う乾かざる眼《まなこ》ふたつを虚空へむけて

兎丸愛美『きっとぜんぶ大丈夫になる』

薔薇を持たざるゆえにくわえる髪の毛のわずかに湿る三日月の夜

そのための涙袋か肋骨を雨にうたせる音がきこえた

虹をまたぐ虹よ言葉が切り分けたケーキはいつも血まみれだった

つま先でふれる階段やがて死ぬすべての鹿の角つややかに

絶望とよぶには軽いかなしみの柚子をうかべた湯舟につかる

たましいの重さに頬がたれてゆく壊死するまでを傷は生き抜き

地衣類のひろがる部屋にろうそくをつける　身体をたしかめている

人の住む島に墓標は咲きわたり遠のく風は波としたしむ

# Ⅳ

## 果てにいる

災厄と呼べば少しは楽になる　花屋を曲がって公園になる

それぞれに見舞う人あり病院の駐輪場に並ぶ自転車

速乾性手指消毒ジェルを手に塗り祖父と会う準備整う

一度目はかならず違う名を呼んで二度目はちゃんと僕の名を呼ぶ

どんどん焼きもピザも発想は同じだと世の中そんなもんだぞと言い

くぐもった祖父の言葉のそれぞれを時に間違えつつ訳す母

退院をしたらパーティーひらこうと、どんなパーティーかは秘密だと

病院は白き匂いで充ちているヒトのにおいをかき消すために

自転車のサドルに花が活けてあり乗れない　今日はすごい曇りだ

部屋の窓あければ祖父の病院へ伸びる環状七号線が

震度2の地震に火災報知器の紐がゆれてる　静かだった

喪失の時を待つだけひるひなかアポロひとつぶひとつぶ飲みこむ

雲の皺ひとつひとつを埋めてゆく夕陽の赤のその果てにいる

知っていた未来ばかりが訪れてたとえば黄身がふたつの卵

## Babel

太陽がこぼれて空に滲みてゆく僕の背丈は傘より高し

友だちを狙って石を蹴るときの壮快をもて走る電車は

水やりをわすれて枯れた朝顔の喘ぎのようにからまる蔓よ

ごみ箱を逸れるちり紙ひろわずに夕立はきてカルピスを飲む

全身でくだく雨粒錆びついた自転車をこぎ大人になるな

僕が先にわすれるだろう初夏のボードゲームの勝ち負けすらも
涙すらすぐに蒸発する夏の道路にはりついたバブルガム
右足をどぶに落とした帰り道　いや、落とされた帰り道

僕を殴る理由をきけば「わからない」と少年たちは口をそろえて
歩きなれた街で迷子になれなくて線路の先に夕陽が沈む
排気口につめた石ころこんなにも侵害できる人権がある

ありふれた哀しみだから話せない　晩夏に閉ざす遮光カーテン

何事も凌げるための凌の字を名に持ったまま泣いていた夜

くずれゆく積木の塔よこころとはたやすく雨にうたれる積木

ほころんだ羽根を殴《う》ちつつ黄昏につづく母とのバドミントンは

やがて折れる塔のごとくに積まれゆく日々にかすかな鶺鴒の声

つかまえたバッタを指でつぶしたりした足立区新西新井公園

サイゼリヤ、ぜりやと略しいつまでも　どりあ、竹ノ塚に熊がでる

雪をはじめて見たのは病室の窓で誰かがくれたオセロをしてた

カプセルがいいと言ったらわたされる粉薬すこしオレンジ色の

きざまれたすべての傷が癒えるとき焼き払われる森林がある

なにひとつ書きこまないで積んでゆくサイズのそろわない参考書

さかさまにかわかされたるパフェグラス頰杖のまま怒られている

水をはじく靴で砂場を蹴りあげて校舎はふいに金に染まりぬ

加害者の手でつつみこむ人間の頬夕立のように熱くて

止められる時間は止めるいつまでもイオンのことをサティと呼んで

友だちよもう友だちじゃないからね蟻の巣に流したコカ・コーラ

足立区をいつか去ろうと思うとき雲に圧されるスカイツリーは

沈みゆく夕陽にのびる僕の影やがては僕の背丈も越えて

# 蟻の体液

祖父の死を告げる画面をロックして土曜の朝に銀歯を嵌める

こつこつと金属棒で叩かれるこれは自分で殺した奥歯

「疲れた」と気楽に言える人といてスパゲッティを巻かずに食べる

想像ができない痛み語り合い痛いんだね、とうなずいている

恋人の家から親の家へ帰る　電車を四つほど乗りついで

新木場の駅のトイレの落書きの「安倍晋三はサリンを撒いた」

雑踏をすり抜けてゆく靴底に蟻の体液乾かないまま

空腹と胃痛をはらみ海の見える電車にゆれるおにぎり持って

梅雨の水は煙草の灰を引きつれて排水溝に呑みこまれゆく

赤ん坊がけらけら笑う　つられて笑う　緑茶が少しずつぬるくなる

水分を摂りたくなってグミを嚙むこうして僕は泣けないだろう

額、顎、両頬などの骨があり祖父はたやすくしまわれてゆく

喉仏の骨は仏のかたちだと係が見せてうなずく遺族

あるだろう　木魚が割れることだって誰も泣かない葬式だって

優しげな祖父の遺影の解像度がすこし低くて優しい顔だ

夕方に降るときいてた雨がまだ降っていなくて電車で帰る

V

## それを夜と呼ぶ

そして僕は凸凹のない街へゆくデジャヴまみれの海を泳いで

人権の数だけチョコレートをあげる　君と君と君には空港をあげる

メロンパンの袋をあけるいつもとは違うあけ方でとても綺麗に

生徒去り教員も去り下駄箱の傘立てに残されている傘

一人でもすこし楽しいシリアルをココット皿に足しては食べる

小説を三冊買って帰り道光らないけど見つけてほしい

海苔巻きのむこうがわから納豆が糸をひきつつ机に垂れる

花びらのかたちをしてた石けんが碁石のかたちで洗面台に

いつまでも引きずりそうなミスをして真夏の屋外プール　つめたい

完璧な人になりたい　レトルトのおいしいカレーをおいしく食べる

売るための花、水、灯りぽろぽろと誰のせいでもないホログラム

Mr.この再起可能な青春を徒歩で渡ってきたChildren

意味のない会話で更ける一日の麦茶の量がここまで減った

ムーミンの皿を洗えば冷水が飛び散る　水は乾けば消える

手のひらのしわが今夜は深い気がする小さめの花火が上がる

台風の詰まった瓶を割るときは傘がいらないくらい泣こうよ

何しても愛されたいなされないか林檎のことも粒って数え

入口と思ってくぐったものがみな出口であったような悲しみ

壊されるために産まれた卵殻の破片が指をすこし引っかく

待ち合わせ場所がいくつもある駅の時計の下に落ちている靴

これは虹の架からない雨　便箋が埋まらないまま終える七月

ひとくちだけっていわれた水を飲みほした君を懐胎したいと思う

暗転の小劇場に星空の破片のような蓄光テープ

林檎も梨も皮をたべたことがない信号機の点滅うるさいな

なめろうと名前をつけた人のことわからない包丁が軽快

ある朝は体操をしてある朝は三度寝をして図書館に行く

燃えるくじら

アスファルトの下に埋もれた花々の萌芽の鼓動つたう足裏

踏み出せばすでに荒野だ　からっぽの宝箱両の手にあまらせて

惑星がはばたくような熱風にアイスクリームとかされてゆく

加工する前の写真を消してゆく指は銀河のようになめらか

街のなかに街のジオラマふいに止む風にまだなでられている髪

寝る部屋と呼ばれた部屋のカーテンを幾度も透ける車のライト

ごみ箱にはじかれ落ちる紙屑よ会えないままでいい人がいる

憎しみのあてを知らざる少年の背に深々と彫られる地図は

校庭に描いた地上絵ぬらしつつ雨は鏡のごとつやめいて

教科書を返しわすれた放課後の教科書にまである人の香

あたたかな西日の波をすべりゆくつばめの尾羽　会えなかったよ

想像をこえないようにに夜を歩く夜にちょうどいい泣き声がある

枯れた花にそれでも水をやる夏の頬をかすめてゆく彗星

プールサイドのわずかな水に両足をぬらして今日は月すらなくて

心臓のぬるい鼓動に追いつけば金のくじらが燃えている街

灰の海　喉にひらいたルピナスのそのつめたさで泳ぎきるから

# 解説　日常と幻のゆらぎ

東　直子

なんのために短歌をつくるのか。なぜ短歌を読むのか。そんな根源的な問いがふと浮上することがある。私は短歌をつくりはじめて三十年近くが経ち、誰かの短歌を読まない日はないほど日常の中に短歌が浸透しているのだが、最初はとても特殊なものだった。なぜこんな不思議なことをやっているのだろうと思いながらも、のめりこんでいった。「なぜ」は、ずっと頭の片隅に灯り続けていたのだが、歌集を編むために二三川練さんの短歌と深く関わるうちに、「なぜ」に対する答が、ゆらゆらと立ちあがってくる思いがした。

ぬかるみを歩く　惑星と惑星がすれ違うそのすき間を生きる

地球を太陽系の惑星の一つとして宇宙規模で捉えている。宇宙規模なのに「惑星と惑星がすれ違うそのすき間」という、圧迫感のあるところを描いている点が興味深い。そのすき間で歩いているのが、「ぬかるみ」であると言う。惑星という規模でこの世界を捉えなおしても、社会の片隅での生きにくさからは逃れられないということの暗喩として読めるだろう。結果的に圧迫感が強調されているように思う。

そんなことを感じながら、二三川さんは、短歌でこうした内容を詠まずにはいられないのだろう、と思うのだった。日常生活がスムースにいかない、「ぬかるみ」のようであると感じている人もいるだろう。しかしそこから「惑星と惑星がすれ違う」場所として捉える点は、思いもよらない独自性がある。普遍的な感覚に独自の主観を与えて新しい感覚を打ち出し、自分自身の魂と対話を試みる。ここに、短歌を詠むことの強い動機を感じるのだ。

ばりばりと背中を掻いた掻くほどに夜は背中にはりついてゆく
古い歌くちずさむとき首筋に雪のかおりの鱗を生やす
腕の傷ふいにひらけば蟋蟀のふたご這いでて翅をかわかす
アスファルトの下に埋もれた花々の萌芽の鼓動つたう足裏

どの歌も、切実な身体の感覚が詠みこまれている。掻けば掻くほどかゆみが増す皮膚とのっぺりとした夜の空気。治りかけた傷のむずむず感を示す蟋蟀の翅。足裏でアスファルトの下の花々の萌芽を感じる違和感。外界と接触することで生まれる気味悪さとその生命力が一体化し、自らの身体と共鳴することで生の実感を得ている。身を削るように、よじるように、生きている「今」を、言葉で刻もうとしているように思う。

めがさめてあなたのいない浴室にあなたが洗う音がしている
うつくしい島とほろびた島それをつなぐ白くて小さいカヌー

一首目は日常的な場面、二首目は心象風景のような詩情豊かな風景を詠んでいる。歌のスケールは異なるが、あらかじめ失われたものを描きつつ、そこにある静けさと切なさ、諦念を含む美を描いているということと、リフレインを用いていることが共通している。「あなた」が、もういないことがわかっていても、幻の水音が響き、ほろびてしまった島の記憶を辿るように小さなカヌーが海の上の島をめぐっていく。なくなってしまったものの存在を意識することで、それを惜しむ気持ちをにじませ、切なく繊細な感覚が伝わる。言葉を繰り返すことで、その感覚を噛み締めているようである。この二首は、歌集冒頭の「夏の収束」という一連の中にある。日常的な「浴室」と「ほろびた島」が、さりげなく同居しているのである。

ポケットにしまわれている太陽の核融合のおだやかなこと
花火降る　ヒルズの窓をすり抜けてさかなのいない湖面つらぬく
夏が終わる　なんの部品かわからないまま灼けている道路のネジは

この三首も「夏の収束」の中に収められている。ポケットの中に「太陽の核融合」を感じ、花火のふりかかる六本木ヒルズの窓の湖面を描きとり、夏の終わりの道路に落ちているネジに着目する。いずれも日常と非日常を往還する感覚のゆらぎが伝わる。一連を読み終えたとき、非日常の描写も含めて、夏が終わっていくときの悲しさや諦念、多様な美を感じるよろこびに、説得力が与えられていることに気づく。

「夏の収束」は、一六首の連作だが、続く「レプリカドール」は二六首、Ⅱ章の「かなしいからだ」は二九首、「天使の共食い」は一七首と、比較的多くの歌が入る形で連作が組まれている。全体では、一三編の連作によって構成されている。連作のタイトルはどれも魅力的で、一連ごとに異なるテーマや物語性も読みどころだろう。

Ⅲ章の「砂の星／凍えた村」は、第六四回角川短歌賞の候補作となった一連で、次の一首から始まる。

篝火よ　あなたに焼かれ不死となる身に現世の鍵をやどして

「篝火よ」と「あなたに」の間は、二文字分の間隔が取られている。通常の一文字空けよりも、時空間の隔たりが大きいこと、想いが深いことを示唆している。この「あなた」は、「篝火」であり、強い想いを寄せている一人でもあるのだろう。「不死」とは、永遠に保留される心を持つ者として「現世の鍵」によってかろうじてこの世に踏みとどまっている「身」を暗示しているように思う。

人々の「々」の形で羊水の海に溺れた赤子が満ちる

複数であることを表す「々」の形は、たしかに母親の子宮の中で身体を屈めている胎児の形に見えてくる。その特殊な見立てが「羊水の海に溺れた赤子」という不吉なイメージを際立たせ、「々」でその他大勢として省略された命が「満ちる」怖さが迫ってくる。

みずからの鉱脈を掘り坑夫らはましろき地図に獅子座を視たり
村はあまたの嘘に焼かれて滅びるか井戸の底より顔はのぞきぬ
海そして悲劇の童話こわれやすき石に天使のまなざしを彫る

二三川さんは、現在、日本大学の大学院で寺山修司の俳句と短歌作品の研究をしている。これらの歌は、クラシカルな風景を連想させるフィクション性が高く、寺山修司が故郷青森の風土を、虚構をまじえて表現した作品の影響をみてとることができる。しかし、寺山の作品が、愛憎の粘度を強化しながら作品化されているのに対し、二三川さんの歌は、それほど作為的ではない。ディストピア的な世界の、残酷さを含む美しさを淡々と描きとめている。「ましろき地図」に「獅子座」を視、「井戸の底」に「顔」をのぞき、「こわれやすき石」に「天使のまなざし」を彫りあげる。そこに見えないもの、なかったものを探り、可視化していくことで、世界との接点や手触りを得ようとしているように思う。

Ⅳ章は、祖父への見舞いとその死を詠んだ一連を挟んで、少し過去の、少年時代の記憶を詠んだ歌を中心に編まれている。いじめの場面を匂わせる短歌もあり、辛い思いを抱えていた時の心境や感覚が、切実に感じられる。

僕を殴る理由をきけば「わからない」と少年たちは口をそろえて
歩きなれた街で迷子になれなくて線路の先に夕陽が沈む
排気口につめた石ころこんなにも侵害できる人権がある

「Babel」という一連の中の三首。一首目の「わからない」ということの、ぞっとするような不可解さが、次に続くこの二首の痛切さを際立たせる。いっそのこと迷子になってしまいたいのに身体が知りすぎているために、なれない。排気口には石が詰められ、死にそうなほど息苦しい。とても追いつめられている。

生きづらいこの世の悲しみの底から、歌を詠むことで言葉の世界の美にふれ、冷静さを取り戻し、自分の心を確かめるように一首一首組み立てている。二三川さんが丁寧に詠んだ魂の歌の数々は、この世の誰かが必要としている歌に思えてならない。ふさわしい人の心に、届いていくことを願ってやまない。

# あとがき

　こんにちは。この歌集は僕の第一歌集です。二〇一三年五月から二〇一八年十月までに詠んだ、おそらく六〇〇〇首くらいの歌から二九四首を選んで連ねました。タイトルの「惑星ジンタ」は昔からずっと僕のなかにあるフレーズですが、詩にしても短歌連作にしてもその煌めきが十全には発揮されませんでした。そして歌集を編む際、この歌群と成元さんの絵ならきっとふさわしいと、このタイトルに決定しました。

　出版にあたり、これまで関わってきたなかの多くの方々に感謝します。特に監修の東直子さんには大変お世話になりました。また、出版の機会を与えてくださった書肆侃侃房の田島安江さん、装丁を担当してくださった黒木留実さん。この歌集のために一から絵を描いてくださった成元遥さん。短歌をはじめるきっかけとなった稀風社の方々。共に歌会をした江古田短歌会の先輩方、象短歌会の同輩に後輩たち、月光の会の皆さん。出版に協力してくれた両親、いつもそばで支えてくれた恋人と友人たち。大学と大学院の先生方。本当にありがとうございました。

書きたいことは山ほどあるけれど、ここで止めておきます。またいつか、星の巡りが良いときにでも。

二〇一八年十月二十五日

二三川　練

■著者略歴

二三川 練（ふみがわ・れん）

日本大学大学院芸術学研究科博士後期課程芸術専攻在籍。研究対象は寺山修司の俳句と短歌。象短歌会、俳諧無心、詩会クレプスカに所属。練くん連句の会主催。

Twitter：@ren_fumigawa @ren_muimi
Instagram：@ren_fumigawa
E-mail：23riversren@gmail.com

「新鋭短歌シリーズ」ホームページ　http://www.shintanka.com/shin-ei/

新鋭短歌シリーズ44
惑星ジンタ

二〇一八年十二月七日　第一刷発行

著　者　二三川 練
発行者　田島安江
発行所　株式会社 書肆侃侃房（しょしかんかんぼう）
〒八一〇・〇〇四一
福岡市中央区大名二・八・十八・五〇一
TEL：〇九二・七三五・二八〇二
FAX：〇九二・七三五・二七九二
http://www.kankanbou.com　info@kankanbou.com

監　修　東 直子
装　画　成元 遥
装丁・DTP　黒木留実
印刷・製本　株式会社西日本新聞印刷


ISBN978-4-86385-346-1　C0092

# 新鋭短歌シリーズ ［第4期全12冊］

今、若い歌人たちは、どこにいるのだろう。どんな歌が詠まれているのだろう。今、実に多くの若者が現代短歌に集まっている。同人誌、学生短歌、さらにはTwitterまで短歌の場は、爆発的に広がっている。文学フリマのブースには、若者が溢れている。それればかりではない。伝統的な短歌結社も動き始めている。現代短歌は実におもしろい。表現の現在がここにある。「新鋭短歌シリーズ」は、今を詠う歌人のエッセンスを届ける。

## 43. The Moon Also Rises　　五十子尚夏

四六判／並製／144ページ　定価：本体1,700円＋税

**世界は踊りだす**

アメリカの風が香り、ちはやぶる神対応がある
現代短歌の美をひらく新鋭歌人の登場　　── 加藤治郎

---

## 44. 惑星ジンタ　　二三川 練

四六判／並製／144ページ　定価：本体1,700円＋税

**魂はどこにでもいける**

生と死の水際にふれるつまさき。
身体がこぼさずにはいられなかった言葉が、立ち上がる。── 東 直子

---

## 45. 蝶は地下鉄をぬけて　　小野田 光

四六判／並製／144ページ　定価：本体1,700円＋税

**放物線をながめるように**

見わたすと、この世は明るくておもしろい。
たとえ何かをあきらめるときであっても。　　── 東 直子

---

**好評既刊**　●定価：本体1,700円＋税　四六判／並製／144ページ（全冊共通）

37. 花は泡、そこにいたって会いたいよ
初谷むい
監修：山田 航

38. 冒険者たち
ユキノ 進
監修：東 直子

39. ちるとしふと
千原こはぎ
監修：加藤治郎

40. ゆめのほとり鳥
久螺ささら
監修：東 直子

41. コンビニに生まれかわってしまっても
西村 曜
監修：加藤治郎

42. 灰色の図書館
惟任將彥
監修：林 和清

# 新鋭短歌シリーズ

**好評既刊** ●定価：本体1700円＋税　四六判／並製（全冊共通）

## ［第1期全12冊］

1. つむじ風、ここにあります　木下龍也
2. タンジブル　鯨井可菜子
3. 提案前夜　堀合昇平
4. 八月のフルート奏者　笹井宏之
5. NR　天道なお
6. クラウン伍長　斉藤真伸
7. 春戦争　陣崎草子
8. かたすみさがし　田中ましろ
9. 声、あるいは音のような　岸原さや
10. 緑の祠　五島 諭
11. あそこ　望月裕二郎
12. やさしいぴあの　嶋田さくらこ

## ［第2期全12冊］

13. オーロラのお針子　藤本玲未
14. 硝子のボレット　田丸まひる
15. 同じ白さで雪は降りくる　中畑智江
16. サイレンと犀　岡野大嗣
17. いつも空をみて　浅羽佐和子
18. トントングラム　伊舎堂 仁
19. タルト・タタンと炭酸水　竹内 亮
20. イーハトーブの数式　大西久美子
21. それはとても速くて永い　法橋ひらく
22. Bootleg　土岐友浩
23. うずく、まる　中家菜津子
24. 惑亂　堀田季何

## ［第3期全12冊］

25. 永遠でないほうの火　井上法子
26. 羽虫群　虫武一俊
27. 瀬戸際レモン　蒼井 杏
28. 夜にあやまってくれ　鈴木晴香
29. 水銀飛行　中山俊一
30. 青を泳ぐ。　杉谷麻衣
31. 黄色いボート　原田彩加
32. しんくわ　しんくわ
33. Midnight Sun　佐藤涼子
34. 風のアンダースタディ　鈴木美紀子
35. 新しい猫背の星　尼崎 武
36. いちまいの羊歯　國森晴野